Las recetas de Ume

Prepara en un día las comidas
de toda una semana

Ai Nimoda
Supervisor: nozomi

3

Traducción:
Raquel Viadel

LAS RECETAS DE UME

CAPÍTULO 15

SABORES OTOÑALES.
BONIATO AL LIMÓN Y SALTEADO
AGRIDULCE DE BONIATO Y CERDO.

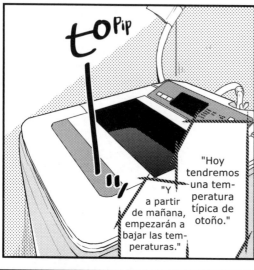

と Pip

"Hoy tendremos una temperatura típica de otoño."

"Y a partir de mañana, empezarán a bajar las temperaturas."

"A continuación, la predicción del tiempo."

"Se acerca el otoño y el viento es cada vez más frío."

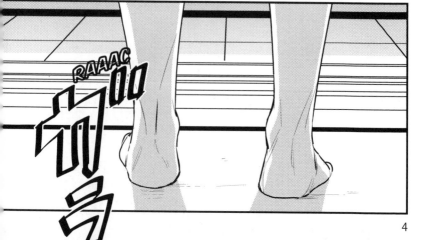

4

... ¡ES ÉPOCA DE BONIATOS!

SI LOS ENVUELVES CON UN PERIÓDICO, DE UNO EN UNO, Y LOS GUARDAS EN UN LUGAR FRESCO, AGUANTARÁN UN MES.

¡UOH! ¡HAY UN MONTÓN!

GRACIAS.

MIS SUEGROS ME HAN ENVIADO UN CARGAMENTO DE BONIATOS.

¡OH! ¿DE VERDAD? DE ACUERDO.

SLUP

6

8

¡Y SOLO QUEDA ESPERAR 20 MINUTOS!

CUANDO EMPIECE A HERVIR,

BLUB

ガ"

ク"

ク"

BLUB

ガ

ク"

ク"

PIP

¡LISTO! ¡ASÍ DE FÁCIL!

Se baja el fuego

LO BAJAMOS A FUEGO LENTO.

¡PERFECTO!

¡MIENTRAS TANTO PREPARAREMOS EL SALTEADO AGRIDULCE!

NUESTRO RITUAL DE PINCHAR LA CARNE CON EL TENEDOR.

PRIMERO, LO DE SIEMPRE.

Y LUEGO CORTAMOS LA CARNE EN TROZOS PEQUEÑOS QUE NOS SEAN FÁCILES DE COMER DE UN BOCADO.

AHORA...

... ¡ESPOLVOREAMOS UN POCO DE HARINA!

SALTEAMOS LA CARNE A FUEGO MEDIO HASTA QUE EMPIECE A CAMBIAR DE COLOR.

Y AÑADIMOS LA CARNE DE CERDO.

CALENTAMOS LA SARTÉN CON UN POCO DE ACEITE

PODEMOS LIMPIAR EL EXCESO DE ACEITE CON PAPEL DE COCINA.

ESCURRIMOS EL BONIATO Y LO AÑADIMOS.

REMOVEMOS DE MANERA QUE LA CARNE QUEDE ENCIMA DEL BONIATO.

¡LO CUBRIMOS CON LA TAPA Y DEJAMOS QUE SE COCINE AL VAPOR DURANTE 3 MINUTOS!

MIENTRAS TANTO, MEZCLAMOS 2 CUCHARADAS DE MIRIN, 1 CUCHARADA Y MEDIA DE SALSA DE SOJA,

1 CUCHARADA DE SAKE Y 1 CUCHARADA DE AZÚCAR.

¡Y LO AÑADIMOS UNA VEZ HAN PASADO LOS 3 MINUTOS!

LO REMOVEMOS PARA QUE TODO SE IMPREGNE DE SABOR.

Shuuup

Shuuup

NUNCA ME CANSO DE OLERLA.

UAAAH... ME ENCANTA EL AROMA DE LA SALSA DE SOJA AZUCARADA.

UNA VEZ EL JUGO SE HA EVAPORADO...

Y PARA TERMINAR, ESPOLVOREAMOS UNAS SEMILLAS DE SÉSAMO.

Gu

Gu

Gu

¡YA TENEMOS EL SALTEADO AGRIDULCE DE BONIATO Y CERDO LISTO!

Salteado agridulce de boniato y cerdo. Aguanta 5 días en la nevera.

Y EN EL MOMENTO JUSTO...

¡¡TAMBIÉN TENEMOS LISTO EL BONIATO AL LIMÓN!!

PIP
PIP
PIP
PIP

10:00

PERO

¡LO RETIRAMOS DEL FUEGO Y DEJAMOS QUE SE ENFRÍE!

Para evitar que el boniato se seque, lo cubrimos con la tapa y ESPERAMOS

AUNQUE HE DICHO ESO,

ESTA VEZ HA SIDO MÁS FÁCIL QUE DE COSTUMBRE.

¡LOS BONIATOS SON UNA MARAVILLA!

COMO LOS BONIATOS SE PUEDEN COCINAR SIN TENER QUE PELARLOS,

ADEMÁS,

Frío

Blop

AÑADIMOS TAMBIÉN EL JUGO...

HA COGIDO EL COLOR DEL LIMÓN Y BRILLA... QUÉ BONITO...

¡Y YA LO TENEMOS!

Boniato al limón.
aguanta 7 días en la nevera.

Entre semana.

¡Y AHORA...

...A COMER EL BONIATO!

SE VE

MUY BRILLAN-TE...

¡¡UN MONTÓN...

...DE BONIA-TO!!

¡¡BUEN PROVECHO!!

TUTUM

TUTUM

HAY TANTOS PLATOS QUE PUEDES HACER CON EL BONIATO...

PERO TAMBIÉN ES PERFECTO PARA COMERLO TAL CUAL.

SI BUSCAS POR INTERNET

HAY UN MONTÓN DE RECETAS.

¡PERFECTO!

¡ESTE OTOÑO VOY A COMER MUCHÍSIMO BONIATO!

Tiempo de preparación: 20 minutos

Tiempo que aguanta en la nevera: 5 días

Salteado agridulce de boniato y cerdo

Ingredientes: (para un recipiente de 800ml)

LOMO DE CERDO EN LONCHAS MUY FINAS	300G APROX.
BONIATO	1 (200G APROX.)
HARINA	2 CUCHARADITAS
MIRIN	2 CUCHARADAS
SALSA DE SOJA	1,5 CUCHARADAS
SAKE	1 CUCHARADA
AZÚCAR	1 CUCHARADA
SÉSAMO TOSTADO	AL GUSTO

Preparación:

1- Lavamos bien el boniato, le cortamos los extremos y lo troceamos. Luego lo dejamos en remojo.

2- Pinchamos la carne con un tenedor y la cortamos en trozos pequeños.

3- Espolvoreamos la carne con un poco de harina. Calentamos un poco de aceite en una sartén y añadimos la carne. Dejamos que se cocine a fuego medio hasta que la carne empiece a cambiar de color.

4- Con papel de cocina, limpiamos el exceso de aceite de la sartén y, una vez escurridos, añadimos el boniato de manera que la carne quede encima. Lo cubrimos con la tapa y dejamos que se cocine al vapor durante 3 minutos.

5- Destapamos, agregamos el *mirin*, la salsa de soja, el sake y el azúcar y salteamos para que el sabor llegue a todas partes. Una vez el jugo se ha evaporado, añadimos unas semillas de sésamo y listo.

LA RECETA DE BATCH COOKING DE HOY

Tiempo de preparación: 30 minutos   **Tiempo que aguanta en la nevera: 7 días**

Boniato al limón

Ingredientes: (para un recipiente de 800ml)

BONIATO	1 (200G APROX.)
AZÚCAR	1 CUCHARADA
ZUMO DE LIMÓN	1 CUCHARADITA
AGUA	200ML

Preparación:

1- Lavamos bien el boniato, le cortamos los extremos y lo cortamos en rodajas. Lo dejamos 3 minutos en remojo y luego lo secamos con suavidad.

2- Colocamos el boniato en una olla, añadimos el azúcar, el zumo de limón y el agua, cubrimos con la tapa y dejamos que hierva.

3- Cuando empiece a hervir, bajamos el fuego y dejamos que se cocine a fuego lento durante 20 minutos. Guardamos el boniato con su jugo en un recipiente y listo.

Las recetas
de Ume

CAPÍTULO 16

¡¿SIGUIENDO LA MODA COREANA?! DAEJI GALBI Y KONGNAMUL MUCHIM

¿KAMIYA, QUÉ PASA?

PUES... QUERÍA QUE ME AYUDARA A COMPROBAR ESTO PERO... MÍRALO.

BUENAS...

AH...

¡Hasta luego!

Adiós Adiós

Adiós

OH, YA SE HAN IDO.

FLIS

く る っ

ick ピリ

RODEADO DE CHICAS

TIENES RAZÓN, ES DIFÍCIL ACERCARSE EN ESTE MOMENTO.

きゃっ

BLA

きゃっ

BLA

BLA

きゃっ

VOSOTROS DOS...

LO MISMO DIGO...

NO, IMPOSIBLE. SOY INCAPAZ DE INTERRUMPIR UNA CHARLA TAN ANIMADA.

NO HACE FALTA QUE OS QUEDÉIS AHÍ DE PIE.

NO PASA NADA SI PARTICIPÁIS EN LA CONVERSACIÓN.

Tap ス ス ス Tap

¿QUÉ? ESO NO ES VERDAD.

SI SOLO SE TRATA DE ESCUCHAR, NO TENGO NINGÚN PROBLEMA, PERO YO NO SÉ DE QUÉ TEMAS HABLAR CON ELLAS, NO COMO TÚ...

LO-LO SÉ PERO...

¿POR QUÉ? HABLAR CON LAS CHICAS ES DIVERTIDO.

A ver...

PUES ESTÁBAMOS HABLANDO DE QUE LAS CHICAS HABÍAN IDO A COMER COMIDA COREANA

ACABAS DE DECIR QUE ESTÁBAMOS TENIENDO UNA CHARLA MUY ANIMADA ¿VERDAD?

Y YO...

PERO TÚ SABES COCINAR, PODRÍAS HABLAR DE ESO...

ENTIENDO TU PUNTO SI SE TRATA DE KAMIYA.

¿DE COCINA...?

OYE.

ZAS

"ESTÁ MUY BUENO PERO CUESTA DE COMER, JA, JA"

"¡OH, SÍ, ES VERDAD!"

"YO TAMBIÉN FUI HACE POCO."

"EL QUESO FUNDIDO SE ESTIRABA COMO CUANDO COMES UN PERRITO CALIENTE."

HA SIDO MÁS O MENOS ASÍ.

Flas

¡AH!

BUENO... ESO ES VERDAD...

VES.

HABLAR DE COMIDA ES FÁCIL ¿NO?

28

¿ESO SIGNIFICA QUE TENGO QUE INTENTAR ALGUNA RECETA COREANA?

QUÉ SIMPLE ERES.

¡CLARO QUE SÍ!

¿Y NO TIENES ALGÚN TIPO DE CHICA IDEAL?

ADEMÁS, LA COCINA COREANA ESTÁ DE MODA.

PERO ESTÁ BIEN.

NUNCA PENSÉ QUE ME SENTIRÍA TAN FUERA DE LUGAR 2 VECES EN TAN POCO TIEMPO.

Yo también necesito ayuda

¡¡DE ACUERDO!!

¡PERFECTO! ¡¡A PARTIR DE LA SEMANA QUE VIENE CONCÉNTRATE EN ENTABLAR CONVERSACIÓN CON LAS CHICAS DE LA OFICINA!!

Fin de semana.

... ¡¡LA COCINA COREANA!!

Y AQUÍ...

COMIENZA LA ESTRATEGIA DE CONSEGUIR HABLAR CON LAS CHICAS A TRAVÉS DE...

... Y KONGNAMUL MUCHIM*.

EL MENÚ DE HOY ES DAEJI GALBI*...

¡ASÍ QUE MANOS A LA OBRA!

PRIMERO PONEMOS AGUA EN UNA OLLA.

Shaa

EL NAMUL PARECE MUY FÁCIL DE HACER Y MUY PRÁCTI-CO.

DAEJI

"DAEJI" SIGNIFICA CERDO.

SE ENTIENDE EL NOMBRE DEL PLATO, ¿VERDAD?

DAEJI

*COSTILLAS DE CERDO MARINADAS Y ENSALADA DE BROTES DE SOJA. (N. DEL T.)

30

LAVAMOS LOS BROTES DE SOJA...

...Y LOS ESCURRIMOS.

AÑADIMOS MEDIA CUCHARADA DE VINAGRE DE GRANO Y PONEMOS LA OLLA A HERVIR.

SEPARAMOS UN CUARTO DE CEBOLLA,

PELAMOS UN TROZO DE JENGIBRE Y...

MIENTRAS ESPERAMOS A QUE HIERVA EL AGUA, EMPEZAMOS A PREPARAR EL DAEJI GALBI.

Zrus

Zrus

... ¡LO RALLAMOS TODO!

CORTAMOS EN CUATRO PARTES UNOS 250 GRAMOS DE CARNE DE CERDO CORTADO EN LONCHAS MUY FINAS.

BLOB

BLOB

BLOB

ADEMÁS, PARECE QUE EL AGUA YA ESTÁ A PUNTO.

VALE, PERFECTO.

AÑADIMOS LOS BROTES DE SOJA...

...Y LE PONEMOS LA TAPA.

POP

AHORA TOCA HERVIR LOS BROTES DE SOJA.

UNA VEZ QUE EL AGUA HIERVA, BAJAMOS EL FUEGO UN POCO, A MEDIO-ALTO.

32

DICHO ESTO, EN UNA BOLSA DE PLÁSTICO COMO ESTA...

BIEN, VOLVAMOS AL DAEJI GALBI.

BLOB グッ
BLOB グッ

ZAAAS サ サ ッ

LO DEJAMOS HERVIR DURANTE 3 MINUTOS.

BLOB グリッ

2 CUCHARADAS DE SAKE Y 2 DE MIRIN.

1 CUCHARADA Y MEDIA DE SALSA DE SOJA Y 1 Y MEDIA DE MIEL.

...METEMOS LA CEBOLLA Y EL JENGIBRE QUE ACABAMOS DE RALLAR.

Ñug ぎゅっ

METEMOS LA CARNE DE CERDO...

Y LA FROTAMOS.

Ñug ぎゅっ

SHAKA しゃぼ
SHAKA しゃぼ
SHAKA
SHAKA しゃぼ
SHAKA しゃぼ

Y LO SACUDIMOS BIEN PARA QUE SE MEZCLE TODO.

Fuosh ほか

Fuuush

Fuosh ほか

LOS ESCURRIMOS Y DEJAMOS QUE SE ENFRÍEN UN POCO...

MEDIA CUCHARADITA DE BASE DE SOPA CHINA, 1 CUCHARADITA DE SALSA DE SOJA, Y UNOS 3 CM DE AJO EN TUBO.

LO MEZCLAMOS TODO.

EN UN BOL, AÑADIMOS 1 CUCHARADA DE ACEITE DE SÉSAMO Y MEDIA CUCHARADA DE SEMILLAS DE SÉSAMO TOSTADAS.

Chac ちゃ

Chac ちゃ

Y LUEGO AÑÁDELA AL BOL.

ASÍ QUE PRIMERO SECA LA SOJA CON UN PAPEL DE COCINA...

SI AÑADIMOS LOS CONDIMENTOS A LA SOJA MIENTRAS ESTA SIGUE CALIENTE, LOS SABORES SE MEZCLARÁN MEJOR,

¡PERFECTO!

¡YA ESTÁ LISTO!

SÍ, ESTA VEZ TAMBIÉN HA SIDO MUY FÁCIL.

AUNQUE ESTA VEZ LA RECETA ERA COREANA LOS INGREDIENTES HAN SIDO LOS MISMOS DE SIEMPRE.

Kongnamul muchin. Aguanta 4 días en la nevera.

¡¡AHORA TENGO GANAS DE COCINAR EL DAEJI GALBI!!

PRIMERO QUE NADA...

Entre semana.

POR FIN...

¡PUEDO PROBAR LA CARNE!

...Y CALENTAMOS LA SARTÉN.

Blup

...PONEMOS UN POCO DE ACEITE DE SÉSAMO...

Shaaa

AÑADIMOS TODO EL CONTENIDO DE LA BOLSITA DE PLÁSTICO...

...Y LO COCINAMOS A FUEGO ALTO.

ESTA RECETA TAMBIÉN ES PERFECTA COMO ENSALADA PARA COMER ENTRE PLATO Y PLATO.

TIENEN UN SABOR SUAVE, MUY FÁCIL DE COMER.

QUE POR CIERTO, YA ES EL MOMENTO DE PROBARLO.

Y QUEDA GENIAL COMBINADA CON EL DAEJI GALBI.

¡¡UAAAH!! ¡TIENE UN SABOR MÁS LIGE-RO DE LO QUE PENSABA!

Oooh ほお～...

40

LA RECETA DECÍA QUE EL SABOR ES DULCE Y SALADO A LA VEZ, PERO TIENE UN SABOR MÁS COMO A... ¿MIEL?

ES UN SABOR MUY SUAVE...

ESTÁ TOSTADITO Y HUELE BIEN.

カリ "カリ" Cra

SÍ, ESO TAMBIÉN TIENE QUE ESTAR DELICIOSO.

TAMBIÉN DICEN QUE ESTÁ MUY BUE-NO CON UN POCO DE GOCHUJANG* Y ENVUELTO EN LE-CHUGA.

ÑAM

MUNCH

MUNCH

ÑAM

MUNCH

MUNCH

ÑAM

ÑAM

MUNCH

ÑAM

Y ES UN BUCLE.

ÑAM

ADEMÁS, LOS BROTES DE SOJA TE LIMPIAN LA BOCA DESPUÉS DE COMER LA CARNE.

MUNCH

ÑAM

*SALSA PICANTE QUE SE USA EN MUCHAS RECETAS COREANAS. ES UN CONDIMEN-TO FERMENTADO DE COLOR ROJO HECHO A BASE DE CHILES EN POLVO. (N. DEL T.)

¡¡CON LAS CHICAS DE AHÍ!!

VENGA, DATE PRISA Y VE A HABLAR CON ELLAS.

¡¿EEEH?!

...

PERO... ES QUE...

TENGO QUE PREPARARME MENTALMENTE...

¿EH... EH?

¡¡TÚ PUEDES!!

¡¡ASÍ DE REPENTE NO PUEDO!!

NO PASA NADA. VENGA, HASTA LUEGO.

Dash?

ENTONCES EL PROBLEMA ERA ESE DESDE EL PRINCIPIO...

AH, ESO ES...

ANDA YA, VAMOS.

...LO QUE KAMIYA PENSÓ.

¡¡¡NO PUEDO, NO PUEDO, NO PUEDO, NO PUEDO, NO PUEDO, NO PUEDO, NO PUEDO, NO PUEDO!

LA RECETA DE BATCH COOKING DE HOY

Tiempo de preparación: 15 minutos | **Tiempo que aguanta en la nevera: 4 días**

Daeji galbi

Ingredientes: (para un recipiente de 800ml)

COSTILLA DE CERDO DESHUESADA	250G APROX
CEBOLLA CORTADA MUY FINA	1 CUARTO
JENGIBRE	1 PIEZA
SAKE	2 CUCHARADAS
MIRIN	2 CUCHARADAS
SALSA DE SOJA	1,5 CUCHARADAS
MIEL	1,5 CUCHARADAS
ACEITE DE SÉSAMO	AL GUSTO

Preparación:

1- Cortamos la carne en 4 trozos. Pelamos y rallamos la cebolla y el jengibre.

2- En una bolsa de plástico metemos la cebolla, el jengibre, el sake, el *mirin*, la salsa de soja y la miel y lo mezclamos todo. Añadimos la carne y nos aseguramos que quede toda empapada con los condimentos. Si lo preparamos con antelación, lo metemos en la nevera (o congelador) tal cual.

3- Calentamos una sartén con aceite (o aceite de sésamo) y añadimos todo el contenido de la bolsa. Freímos a fuego alto.

4- Cuando el exceso de líquido se haya evaporado, bajamos el fuego y dejamos que se acabe de tostar y listo. También podemos disfrutar este plato acompañado de lechuga y *gochujang*.

LA RECETA DE BATCH COOKING DE HOY

Tiempo de preparación: 10 minutos   **Tiempo que aguanta en la nevera: 4 días**

Kongnamul muchin

Ingredientes: (para un recipiente de 500ml)

BROTES DE SOJA	1 BOLSA (200G APROX.)
AGUA	1L
VINAGRE DE GRANO	MEDIA CUCHARADA
ACEITE DE SÉSAMO	1 CUCHARADA
SEMILLAS DE SÉSAMO	CUCHARADAS
BASE DE SOPA CHINA	1.5 CUCHARADITAS
SALSA DE SOJA	1 CUCHARADITA
AJO EN TUBO	3CM

Preparación:

1- Ponemos el agua y el vinagre en una olla y esperamos a que hierva. Mientras, lavamos los brotes de soja y los escurrimos.

2- Una vez el agua empiece a hervir, bajamos un poco el fuego a fuego medio, añadimos los brotes de soja y tapamos la olla. Dejamos que se hiervan durante 3 minutos.

3- Escurrimos el agua con un colador y secamos los brotes de soja con papel de cocina.

4- En un bol añadimos el aceite de sésamo, las semillas de sésamo, base de sopa china, salsa de soja y ajo en tubo y mezclamos. Luego, añadimos los brotes de soja y listo.

Y como os merecéis

¡¡El rincón de preguntas a Ume!!

¡Genial!

? ?

Yeah

VAMOS A VER QUÉ SALE.

HM.

¿Y AHORA QUÉ PASA?

NO ME IGNORES.

Zasca

Zasca

Rincón de preguntas

YA...

ENTIENDO.

PUES ES VERDAD.

¿ESO TE DURA TODA LA SEMANA?"

"UME, CADA FIN DE SEMANA PREPARAS RECETAS PERO...

SOBREVIVO A BASE DE CONGELAR COSAS...

CONGELO LO QUE NO ME HE COMIDO.

ÚLTIMAMENTE, CUANDO SALGO A TOMAR ALGO Y LUEGO NO CENO EN CASA,

TEP

Voy acumulando como una ardilla.

TEP

Y TENÍA QUE IR AL SÚPER A COMPRARME ALGO PERO...

BUENO, ES VERDAD QUE AL PRINCIPIO ME QUEDABA SIN A MITAD DE SEMANA

TEP TEP

AY, NO SABRÍA DECIRTE...

¿CUÁL ES TU RECETA FAVORITA DE LAS QUE HAS HECHO HASTA AHORA?

SIGUIENTE PREGUNTA.

ADEMÁS, ES MUY PRÁCTICA PORQUE LAS PUEDO CONGELAR, Y EL SABOR TAMBIÉN ME ENCANTA...

LA QUE HE HECHO MÁS VECES ES LA DE HAMBURGUESAS...

Tomo 1, capítulo 7

¡AMBAS RECETAS SON MUY FÁCILES, TE LAS RECOMIENDO, LO ÚNICO QUE TIENES QUE HACER ES PICAR TODOS LOS INGREDIENTES EN LA PICADORA!

Fuiim Fuiim Fuiim

SHAK SHAK SHAK

ESA TAMBIÉN ESTABA MUY BUENA.

¡Y TAMBIÉN EL CURRY SECO!

Tomo 2, capítulo 9

¡¡ADIÓS!!

BUENO, ESTA SEMANA LO DEJAMOS AQUÍ.

POR EJEMPLO, CON LAS COSTILLAS AL HORNO SOLO TIENES QUE CONDIMENTARLAS Y...

MUCHAS VECES PIENSO: "ANDA, SÍ QUE ES FÁCIL COCINAR ASÍ"

Bla

Bla

BUENO, TODAS LAS RECETAS SON FÁCILES, QUIERO DECIR, HASTA YO PUEDO HACERLAS...

Bla

Las recetas
de Ume

CAPÍTULO 17

¡VUELTA AL TRABAJO, HAY QUE CUIDAR EL ESTÓMAGO! SALMÓN GUISADO CON CEBOLLA Y ARROZ SALTEADO CON SETAS Y JENGIBRE

JINTA LIME,
UN AÑO DESDE
QUE EMPEZÓ A
TRABAJAR.

Gooosh

HA SIDO CAPAZ
DE SUPERAR EL
PRIMER AÑO SIN
PROBLEMAS.

EMPIEZO A TRA-
BAJAR PASADO
MAÑANA.

SÍ,

ACABO DE
LLEGAR A
CASA.

SÍ.

MAMÁ,
CUÍDATE, NO
TE VAYAS A
RESFRIAR
AHORA.

¿COMIDA?
TENGO, TENGO.
NO TE PREO-
CUPES.

SÍ.

VALE,
ADIÓS.

¡SÍ QUEDA! ¡QUÉ SUERTE!

ME TENDRÍA QUE QUEDAR ALGO EN EL CONGELADOR... CREO...

COMIDA...

BUF...

EN CASA DE MIS PADRES SE ESTÁ BIEN, PERO COMO EN MI PROPIA CASA, EN NINGÚN LUGAR.

Flop

Rac

Rac

Y HA SIDO TODO GRACIAS A ESTO.

EN SERIO.

DURANTE EL AÑO PASADO ME HE ESTADO ESFORZANDO UN MONTÓN.

SÍ. A VER QUE PUEDO HACER...

CUANDO VUELVA AL TRABAJO OTRA VEZ ESTARÉ SIN TIEMPO PARA NADA.

MAÑANA TENDRÍA QUE PONERME A REPONER EL CONGELADOR.

Tep

Tep

¡ASÍ PUES, EL MENÚ DE HOY E ARROZ SALTEAD CON SETAS Y JENGIBRE!

Setas Maitake (grandes)

Salmón

20%

¡SALMÓN GUISADO CON CEBOLLA!

Tofu frito
Hecho con soja nacional

Y...

GÜK

...

Glucs

¡AUNQUE SUPONGO QUE NO HAY PROBLEMA PORQUE TODAS LAS RECETAS DE BATCH COOKING SON FÁCILES!

ES LA PRIMERA VEZ QUE INTENTO UNA RECETA DE PESCADO, Y TAMBIÉN DE ARROZ, ASÍ QUE NO SÉ SI ME SALDRÁ BIEN.

Blo

Blop

Blop

VERTIMOS AGUA HIRVIENDO SOBRE UN TROZO DE TOFU FRITO PARA QUITARLE EL EXCESO DE GRASA.

Shap

しょり

Shap

しょり

Shap

しょり

PELAMOS EL JENGIBRE Y LO PICAMOS.

サラ

Fras

サラ

Fras

Fras

PRIMERO, NECESITAMOS 2 RACIONES DE ARROZ.

LO LAVAMOS Y...

...LO ESCURRIMOS.

Shaaa

SEPARAMOS LAS SETAS MAI-TAKE CON LOS DEDOS.

LO CORTAMOS EN TROZOS DE 1 CM DE GRO-SOR.

LO SECAMOS CON PAPEL DE COCINA Y PRESIONAMOS UN POCO PARA QUE SALGA TODO EL AGUA.

ヘロ, Pep

COLOCAMOS EL ARROZ QUE HEMOS ESCURRIDO EN LA OLLA ARRO-CERA...

Y AÑADIMOS 330 ML DE AGUA.

MEZCLAMOS CON SUAVIDAD.

ADEMÁS, AÑADIMOS 1 CUCHARADA DE MIRIN, 1 DE CALDO DASHI* BLANCO

Y MEDIA DE SALSA DE SOJA.

Chap

*TIPO DE CALDO JA-PONÉS, INGREDIENTE BÁSICO DE MUCHAS RECETAS O, EN TI

¡Y DEJA-
MOS QUE
SE COCI-
NE!

To
Pip

COCINAR
...OZ

LUEGO
COLOCAMOS
ENCIMA EL JENGI-
BRE, LAS SETAS Y
EL TOFU FRITO.

VAYA...
QUÉ FÁCIL...

SOLO HAY
QUE METER
LOS INGREDIEN-
TES Y SE COCI-
NA SOLO.

2ms
00/

LE
QUITAMOS
LA PIEL Y LAS
ESPINAS.

PRIMERO
NECESITAMOS
3 TROZOS DE
SALMÓN CRU-
DO.

A VER
QUÉ TAL EL
SALMÓN...

Flip

LO
CORTAMOS
A UN TAMAÑO
ADECUADO.

Y LO CUBRIMOS CON LA TAPA.

Y 1 CUCHARADITA DE SALSA DE SOJA.

Y AHORA LO CONDIMENTAMOS CON 1 CUCHARADA Y MEDIA DE SALSA PONZU, 1 DE MIRIN

DEJAMOS QUE SE COCINE A FUEGO BAJO-MEDIO DURANTE 3-4 MINUTOS.

UNA VEZ TERMINADO, LO MEZCLAMOS UN POCO MÁS...

Y AÑADIMOS UN POCO DE PEREJIL, AL GUSTO DE CADA UNO.

¡Y LISTO!

Salmón guisado con cebolla. Aguanta 4 días en la nevera.

FLAP
FLAP
FLAP

¡ESTAS RECETAS SON GENIALES!

A PESAR DE SER UN PLATO DE PESCADO ES MUY SENCILLO...

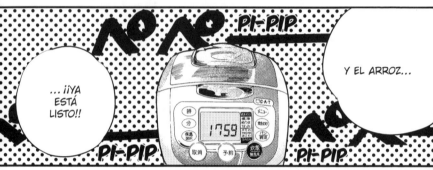

...¡¡YA ESTÁ LISTO!!

Y EL ARROZ...

¡OOOH! ¡¡PERFECTO!!

A VER COMO HA QUEDADO...

¡QUÉ BIEN HUELE!

Y PARA TERMINAR LO MEZCLAMOS BIEN.

Fuosh

¡UAH!

Y AHORA SÍ, ¡HEMOS TERMINADO!

Arroz salteado con setas y jengibre Aguanta 3 semanas en la nevera

SOLO TENEMOS QUE ESPERAR A QUE SE ENFRÍE

GUARDA EL SALMÓN EN UNA BOLSA DE PLÁSTICO, QUÉ QUEDE TODO PLANO Y SIN AIRE.

Y GUARDARLO TODO EN DIFE- RENTES ENVA- SES.

¡¡Y AL CONGELADOR!!

¡¡PERFECTO!!

Fuaaah

ESTAMOS EMPEZANDO BIEN EL AÑO.

TAL VEZ.

A PARTIR DE MAÑANA TOCA DARLO TODO EN EL TRABAJO.

BUENO, YA VEREMOS, JA, JA.

¡¡QUÉ DURA LA VUELTA AL TRABAJO!!

...

UF...

と ほ... UF...

ARF...

バターン Blam

CÓMO CUESTA VOLVER A LA RUTINA DESPUÉS DE UNOS DÍAS DE VACACIONES...

RAC

NECESITO UN POCO DE COMIDA PARA SENTIRME MEJOR...

¡¡HE ESTADO A PUNTO DE LLORAR VARIAS VECES!!

ARROZ Y PESCADO.

LA COMBINACIÓN DE HOY ES LA MEJOR DE TODAS. EN SERIO.

HP

But ほら...

ME ALEGRO TANTO DE HABER PROBADO ESTAS RECETAS...

¡SÍ!

LOS INGREDIENTES SON SANOS PARA EL CUERPO.

ESTE AÑO...

¡SEGUIRÉ CONTANDO CONTIGO!

¡LA VIDA DEL BATCH COOKING!

Tiempo de preparación: 10 minutos   **Tiempo que aguanta en el congelador: 3 semanas**

Arroz salteado con setas y jengibre

Ingredientes: (para 2 raciones)

ARROZ	2 RACIONES
SETAS MAITAKE	1 PAQUETES (100 GRAMOS APROX)
TOFU FRITO	1 PIEZA
JENGIBRE	3 PIEZAS
AGUA	330ML
MIRIN	1 CUCHARADA
CALDO *DASHI* BLANCO	1 CUCHARADA
SALSA DE SOJA	MEDIA CUCHARADA

Preparación:

1- Pelamos y cortamos el jengibre. Vertimos agua hirviendo encima del tofu frito para quitarle el exceso de grasa. Secamos el tofu con papel de cocina y lo cortamos en trozos de 1 cm. Separamos las setas con las manos.

2- Lavamos el arroz, lo escurrimos y lo ponemos en la arrocera.

3- Añadimos agua al paso 2 y también el *mirin*, el caldo *dashi* blanco y la salsa de soja. Mezclamos con suavidad. (La cantidad de agua puede variar según la cantidad de arroz y el modelo de olla arrocera, ajustar acorde a la olla).
Encima del arroz colocamos el jengibre, las setas y el tofu frito y dejamos que se cocine.

4- Una vez el arroz está hecho, lo mezclamos todo y listo.

Tiempo de preparación: 15 minutos

Tiempo que aguanta en la nevera: 4 días

Tiempo que aguanta en el congelador: 3 semanas

Salmón guisado con cebolla

Ingredientes: (para un recipiente de 500ml)

SALMÓN	3 PIEZAS
CEBOLLA	PIEZAS (150 GRAMOS APROX.)
SAKE	1 CUCHARADA
SAL	1 PIZCA
PIMIENTA NEGRA	1 PIZCA
ACEITE DE OLIVA	2 CUCHARADAS
SALSA PONZU	1,5 CUCHARADAS
MIRIN	1 CUCHARADA
SALSA DE SOJA	1 CUCHARADITA
PEREJIL PICADO	AL GUSTO

Preparación:

1- Quitamos la piel y las espinas al salmón, lo cortamos en trozos y le añadimos el sake, la sal y la pimienta. Pelamos la cebolla y la cortamos en trozos muy pequeños.

2- Calentamos una sartén con aceite y cocinamos la cebolla a fuego medio.

3- Cuando la cebolla cambie de color, añadimos el salmón y seguimos cocinando hasta que esté dorado por todos los lados. Revuelve con cuidado para que el salmón no se deshaga. Solo necesitamos que la superficie cambie de color porque más tarde lo cocinaremos a fuego lento.

4- Añadimos la salsa ponzu, el *mirin*, y la salsa de soja, lo tapamos y dejamos que se cocine a fuego medio-bajo durante 3-4 minutos. Quitamos la tapa, removemos con suavidad y listo. Si quieres, puedes espolvorear un poco de perejil.

Las recetas
de Ume

CAPÍTULO 18

¡APROVECHANDO LAS SOBRAS! NAMETAKE Y RÁBANO ENCURTIDO CON MISO

いつメーン

RÁBANO JAPONÉS Y...

ESTO ES LO QUE SOBRÓ DEL NABE QUE HICE AYER CON MIS COMPAÑEROS DE TRABAJO.

... SETAS ENOKI.

HOY...

PODRÍA USAR UN POCO DEL MISO QUE ME QUEDA.

Y LUEGO TENGO ESTO EN LA NEVERA.

... Y NAMETAKE*.

Prime-ro...

Bueno,

... HARÉ RÁBANO ENCURTIDO CON MISO...

*PLATO DE ACOMPAÑAMIENTO QUE CONSISTE EN SETAS ENOKI COCINADAS CON SALSA DULCE Y SALADA. (N. DEL T.)

70

la cantidad recomendada es 1g por cada 100g de rábano.

PELAMOS EL RÁBANO.

LO FROTAMOS CON SAL POR TODAS LAS CARAS.

Y LO DEJAMOS REPOSAR 10 MINUTOS.

Shaq
Shaq

LO COLOCAMOS EN VERTICAL Y LO CORTAMOS HACIENDO UNA CRUZ.

Zaq

¡Y MIENTRAS, PODEMOS PREPARAR EL NAMETAKE!

ESTO HACE QUE EL RÁBANO EXPULSE EL EXCESO DE AGUA

Y MEJORA LA TEXTURA Y EL SABOR.

Oooh
Ya veo

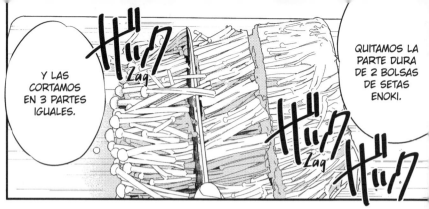

QUITAMOS LA PARTE DURA DE 2 BOLSAS DE SETAS ENOKI.

Y LAS CORTAMOS EN 3 PARTES IGUALES.

COLOCAMOS LAS SETAS EN UN BOL Y AÑADIMOS 2 CUCHARADAS Y MEDIA DE SALSA DE SOJA Y 1 CUCHARADA Y MEDIA DE MIRIN.

1 CUCHARADA DE AZÚCAR, MEDIA DE CALDO DASHI BLANCO Y 2 CUCHARADAS DE AGUA.

También sirve una sartén pequeña.

TENDRÉ QUE IR A COMPRAR.

TAMBIÉN HE TERMINADO EL MIRIN.

VAYA.

Plop

Y CON ESTO...
¡HE CONSEGUIDO
COCINAR NAME-
TAKE!

Solo tenía
lo que había
comprado

Ahora
ya es
tarde
pero...

Nametake.
Aguanta 7 días
en la nevera.

... ¡¡EL
NAMETAKE
ESTÁ LISTO!!

A VER
COMO VA EL
RÁBANO...

¡OH!
¡PARECE QUE
YA HA SALIDO EL
AGUA!

Plas

000

¡PERO AHORA
TENEMOS QUE
AÑADIRLE EL
MISO!

¡¡VAMOS A
PREPARAR EL
MISO PARA
ENCURTIR
EL RÁBANO!!

EN UNA BOLSITA DE PLÁSTICO AÑADIMOS 4 CUCHARADAS DE MISO, 1 DE AZÚCAR,

1 CUCHARADITA DE SALSA DE SOJA Y 1 DE CALDO DASHI BLANCO.

CHAN

¡Y AQUÍ TENEMOS EL MISO!

TACHÁN.

QUE BIEN SIENTA TERMINAR LAS SOBRAS.

¡MANOS A LA OBRA!

¿MÁS O MENOS ASÍ?

AHORA MEZCLAMOS BIEN PARA QUE EL AZÚCAR Y EL MISO NO SE QUEDEN EN LA PARTE DE ARRIBA DE LA BOLSA.

もみ ÑUG もみ もみ もみ ÑUG もみ もみ もみ もみ ÑUG もみ

PODEMOS APRETAR CON LAS MANOS.

NOS ASEGURAMOS DE QUE EL RÁBANO SE EMPAPA DE FORMA UNIFORME.

DESPUÉS, CON PAPEL DE COCINA SECAMOS LOS RÁBANOS.

Y LOS METEMOS DENTRO DE LA BOLSA DE PLÁSTICO.

ÑUG もみ もみ もみ ÑUG もみ ÑUG

TAMBIÉN PODEMOS AYUDARNOS CON LAS MANOS.

76

BUENO, DE MOMENTO LO SECAMOS,

Nuqu

Nuqu

ESPERO HABER-LO HECHO BIEN...

AÚN SIGUE SALIENDO AGUA...

Blob

Y LO SERVIMOS EN UN PLATO.

zag

LO CORTAMOS,

TAMBIÉN SERVIMOS EL NAMETAKE.

CHOMP ポリ

CHOMP ポリ

CHOMP ポリ

CHOMP ポリ

POR LO QUE SON PERFECTOS SI LOS COMBINAS CON ARROZ.

AMBOS PLATOS SOLO TIENEN UN INGREDIENTE COMO INGREDIENTE PRINCIPAL,

ADEMÁS,

PERFECTO PARA LIMPIAR EL PALADAR.

¡¡Y que sea húmedo ayuda un montón!!

CHOMP ポリ

CHOMP ポリ

ES PERFECTO COMO GUARNICIÓN DE PLATOS CON SABORES FUERTES COMO ESTE.

EN SERIO, SON UNAS RECETAS MUY PRÁCTICAS.

SI CORTAS VERDURAS DE HOJA Y EL RÁBANO ENCURTIDO, QUEDA GENIAL EN UNA ENSALADA DE PATATA.

Y, AL PARECER,

EL NAMETAKE TAMBIÉN SIRVE COMO SALSA PARA LA PASTA.

¿CUÁL SERÁ LA SIGUIENTE QUE APRENDERÉ?

TODO GRACIAS A ESTAS RECETAS.

ADEMÁS, CON CADA DÍA QUE PASA, TAMBIÉN SABEN MEJOR...

¡¡ENTONCES SON CINCO PÁJAROS!!

¡CUATRO PÁJAROS DE UN TIRO!

1
2
3

ESTÁN BUENÍSIMAS, AGUANTAN MUCHOS DÍAS, LAS PUEDES COMER DE VARIAS FORMAS Y ENCIMA HE APROVECHADO TODOS LOS INGREDIENTES QUE ME SOBRABAN.

Tiempo de preparación: 10 minutos   **Tiempo que aguanta en la nevera: 7 días**

Nametake

Ingredientes: (para un recipiente de 500ml)

SETAS ENOKI	2 BOLSAS (400G APROX)
SALSA DE SOJA	2,5 CUCHARADAS
MIRIN	1,5 CUCHARADAS
AZÚCAR	1 CUCHARADA
CALDO *DASHI* BLANCO	MEDIA CUCHARADA
AGUA	2 CUCHARADAS

Preparación:

1- Quitamos la parte dura de las setas enoki y luego las cortamos en 3 trozos iguales.

2- En una sartén u olla pequeña añadimos las setas, la salsa de soja, el *mirin*, el azúcar, el caldo *Dashi* blanco y el agua. Dejamos que hierva a fuego medio.

3- Cuando empiece a hervir, reducimos el fuego a medio-bajo y dejamos que siga hirviendo durante unos 8 minutos. Vamos removiendo de vez en cuando y cuando el caldo se haya reducido, está listo.

Tiempo de preparación: 5 minutos   **Tiempo que aguanta en la nevera: 10 días**

Rábano encurtido con miso

Ingredientes: (para un recipiente de 500ml)

RÁBANO JAPONÉS	1-3 PIEZAS (400 GRAMOS APROX)
SAL	4 GRAMOS
MISO	4 CUCHARADAS
AZÚCAR	1 CUCHARADA
SALSA DE SOJA	1 CUCHARADITA
CALDO *DASHI* BLANCO	1 CUCHARADITA

Preparación:

1- Pelamos el rábano y lo cortamos de forma vertical haciendo una cruz. Frotamos sal por todas sus caras y lo dejamos reposar 10 minutos.

2- En una bolsita de plástico añadimos el miso, el azúcar, la salsa de soja y el caldo *dashi* blanco, y los mezclamos ayudándonos con las manos para que el condimento no se quede en la parte superior de la bolsa.

3- Secamos el rábano con papel de cocina y lo metemos dentro de la bolsa. Lo frotamos por todas las partes. Cerramos la bolsa asegurándonos de que no quede aire dentro y listo.

4- Cuando vayamos a comerlo, lo sacamos de la bolsa, lo secamos y lo servimos en un plato.

CAPÍTULO 19

¡RECETAS CASERAS PARA EL DÍA BLANCO! ¡SCONES FÁCILES!

¿TAMBIÉN SABES HACER DULCES?

¿QUÉ?

¡UME!

ZUS...
スンツッ...

¿UH?

¡OH!

ENTONCES ESTÁ DECI-DIDO.

¿DECIDIDO? ¿EH? ¡¿EL QUÉ?!

SABÍA QUE PODÍA CONTAR CONTIGO.

SUPONGO QUE SI SIGO UNA RECETA... ¿TAL VEZ PODRÍA...?

¿UH? NO... NO SUELO HACER, PERO...

PUES

... ¡ES EL DÍA BLANCO*☆!

QUE PRONTO...

*FESTIVIDAD CELEBRADA EL 14 DE MARZO EN LA QUE LOS HOMBRES QUE HAN RECIBIDO CHOCOLATES DE SAN VALENTÍN LO AGRADE-CEN DANDO UN REGALO A LAS MUJERES QUE LES REGALARON CHOCOLATES! (N. DEL T.)

ÑAG 11!!

¡¡PARA AGRA-DECÉRSELO NOSOTROS TAMBIÉN TE-NEMOS QUE HACER ALGO CON NUESTRAS PROPIAS MA-NOS!!

EL MES PASADO, POR SAN VALEN-TÍN, LAS CHICAS DE LA OFICINA NOS REGALARON CHOCOLATES CA-SEROS, ¿NO?

BUENO, SÍ PERO...

¡¡LO HEMOS HECHO NOSOTRAS!!

...

ASÍ QUE TODO DEPENDE DE TI, UME...

¿QUÉ QUIERES DECIR?

¡DE ENTRE NOSOTROS TÚ ERES EL CHEF!

EN RESU-MEN...

¿QUIERES QUE YO HAGA LOS DULCES...?

CREO QUE LA ÚLTIMA VEZ QUE COCINÉ COMO DIOS MANDA FUE EN LAS CLASES DE COCINA DE LA SECUNDARIA.

Flasca

ESTOY UN POCO NERVIOSO.

Y AÚN ASÍ VIENES PREPARADO.

¿VERDAD? MI EX SE LO DEJÓ EN MI CASA.

...

¿Y QUÉ VAMOS A HACER?

SCONES.

Y DE TODAS LAS RECETAS QUE HE MIRADO, ESTA ES LA MÁS FÁCIL.

Hasta nosotros podemos hacerla.

SE PUEDEN CONSERVAR A TEMPERATURA AMBIENTE

OH... YA VEO.

LOS INGREDIENTES QUE NECESITAMOS SON: HARINA DE REPOSTERÍA, LEVADURA,

AZÚCAR, SAL, ACEITE Y LECHE.

MMMM...

Harina
De fuerza

Levadura

EXACTO.

TAMBIÉN ES LA PRIMERA VEZ QUE YO HAGO ESTO, ASÍ QUE TAL VEZ NO NOS SAGLA BIEN.

¿SOLO TENEMOS QUE MEZCLARLO TODO Y HORNEARLO?

1 CUCHARADA DE AZÚCAR Y UNA PIZCA DE SAL.

EN UN BOL, PONEMOS 200G DE HARINA, 10G DE LEVADURA,

PARA EMPEZAR, PRECALENTAMOS EL HORNO A 180 GRADOS.

Pip

Pip

90

Fras パラ

¡OH! LO TIENES ESTUDIADO.

Y AL PARECER, "UN POCO" ES CUANDO PELLIZCAS SO- LO CON DOS DEDOS, EL PULGAR Y EL ÍNDICE.

PUES... SERÍA LA CANTIDAD QUE PUEDES AGA- RRAR PELLIZ- CANDO CON EL PULGAR, EL ÍNDICE Y EL DEDO MEDIO.

¿CUÁNTO ES UNA PIZCA?

¡OOOH!

パ Fras
1 2 3

Fras パラ

Blob

LUEGO AÑADIMOS

50G DE ACEITE

¡AHORA MEZCLAMOS BIEN!

¿Por qué...

¿Por qué...

..yo?

Y AMASAMOS CON LAS MANOS.

フニ ニ ニ ニ
ÑUGU ÑUGU ÑUGU
..yo?

ほ.

RAS RAS まぜ まぜ まぜ

91

QUEDARÁ COMO SI FUE-RAN MIGAS DE PAN.

AÑADIMOS UN POCO Y AMA-SAMOS.

ENTONCES LE ECHAREMOS 80G DE LECHE.

AÑADIMOS OTRO POCO MÁS Y SEGUIMOS AMA-SANDO.

¡OH!

¡DE ACUERDO!

¡¿TIENE QUE QUEDAR ASÍ?!

PARECE QUE ESTÁ LISTO CUANDO LA MA-SA YA NO SE TE ENGANCHA EN LOS DEDOS.

FUS

FUS

¿NO CREES QUE YA ESTARÁN?

PERO HUELEN MUY BIEN,

¿SE VA A TIRAR TODO EL RATO MI-RANDO?

Fi

¡UOH! ¡SE ESTÁN HINCHANDO!

Chin

!

Buosh

¡¡YA ESTÁN!!

Scones. Aguantan 4 días a temperatura ambiente.

PERO TAMBIÉN SON MUY FÁCILES DE COMBINAR CON OTROS INGREDIENTES.

NO ESTÁN DEMASIADO DULCES ASÍ QUE LOS PUEDES COMER TAL CUAL,

ESTÁ CRUJIENTE POR FUERA Y ESPONJOSO POR DENTRO, ¡BUENÍSIMO!

GUAU... ESTÁ MUY BIEN HECHO.

NO NOS PODEMOS QUEJAR, SON MUY FÁCILES DE HACER Y ESTÁN DELICIOSOS.

¡SÍ!

...SON UN COMPLETO ÉXITO!!

¡¡NUESTROS PRIMEROS SCONES...

QUÉ BUENO...

¡NO, AHORA TE TOCA A TÍ!

¡¡Y QUÍTATE ESE DELANTAL!!

¡UME NO COMAS MÁS!

¡¡HAN DESAPARECIDO!!

KAMIYA TÚ TE ENCARGAS DE AMASAR.

¡¿ENTONCES HACEMOS MÁS?!

Y entonces llegó el día blanco.

sí.

¡¿ESTO ES CASERO?!

¡¿EN SERIO?!

HEMOS PENSADO QUE COMO VOSOTRAS TAMBIÉN NOS REGALASTEIS CHOCOLATE CASEROS, TENÍAMOS QUE HACER LO MISMO.

¡LOS HEMOS HECHO ENTRE LOS TRES!

NO, ESTE SOLO DABA ÓRDENES.

¡QUÉ BIEN!

¡MUCHAS GRACIAS!

ES MEJOR SI CUANDO TE LOS VAYAS A COMER LOS CALIENTAS 2-3 MINUTOS EN EL HORNO.

¿SON SCONES, VERDAD?

¡SÍ!

LOS CALENTARÉ Y ME LOS COMERÉ CON NATA O MERMELADA.

¡OH!

¡DE ACUERDO!

FUS FUS FUS FUS FUS FUS

AUNQUE SON CASEROS SE HAN HINCHADO UN MONTÓN.

PARECEN DE PASTELERÍA.

CLARO, ADELANTE.

¡¡Tengo tanta curiosidad que si no no podré trabajar!!

¿PERO PUEDO PROBAR UNO? NO PUEDO AGUANTAR HASTA LLEGAR A CASA.

Blink

Ya... Bueno, me alegro. Me alegro.

AH, ENTONCES TE PASARÉ LA RECETA POR EMAIL.

ME ALEGRO DE QUE TE GUSTE.

¿DE VERDAD? ¡GRACIAS!

CREO QUE YO TAMBIÉN PROBARÉ DE HACERLOS EN CASA.

ES BONITO HACER FELIZ A LOS DEMÁS.

ES QUE ES LA PRIMERA VEZ QUE REPARTO ALGO EL DÍA BLANCO.

VAYA, ESTÁS DE BUEN HUMOR.

BUENO, VAMOS A REPARTIR EL RESTO.

...

¿EH?

VALE.

UME, LUEGO VAMOS A TOMAR UNA COPA.

Jinta Ume busca novia.

Tiempo de preparación: 30 minutos **Tiempo que aguanta en la nevera: 4 días**

Scones

Ingredientes: (para 9 unidades de 6cm de diametro)

HARINA DE FUERZA	200 GRAMOS
LEVADURA	10 GRAMOS
AZÚCAR	1 CUCHARADA
SAL	1 PIZCA
ACEITE	50 GRAMOS
LECHE	80 GRAMOS

Preparación:

1- Añadimos harina de fuerza, levadura, azúcar y sal en un bol y los mezclamos. Precalentamos el horno a 180 grados.

2-Añadimos el aceite al paso 1 y amasamos con las manos.

3-Añadimos la leche al paso 2 poco a poco y vamos integrándola en la masa.

4-Estiramos la masa hasta que quede de unos 2cm de grosor, la doblamos por la mitad y volvemos a estirarla. Repetimos el proceso 5 veces.

5-Estiramos la masa hasta que quede de 1-2cm de grosor, la cortamos (con un vaso por ejemplo) y colocamos los scones en una bandeja para el horno.

6-Colocamos la bandeja en el horno a 180 grados durante unos 15-20 minutos y listo.

CAPÍTULO 20

LA FELICIDAD EN UN BENTO.
ALBÓNDIGAS DE CIRUELA,
QUESO Y SHISO

PRIMAVE-RA...

LA TEMPORADA PERFECTA PARA EMPEZAR ALGO NUEVO.

TACHÁN

SIEMPRE HE QUERIDO COMPRARME UNA FIAMBRERA PERO NUNCA LO HACÍA.

¡¡Y HOY POR FIN ME LA HE COMPRADO!!

SOLO POR EL NOMBRE...

ASÍ QUE HE ESTADO MIRANDO RECETAS PARA PREPARARME EL BENTO

...¡SÉ QUE ESTARÁ BUENÍSIMO!

Y VOY A PREPARAR ALBÓNDIGAS DE CIRUELA, QUESO Y SHISO*.

*HOJA DE PE-RILLA. PLANTA AROMÁTICA QUE SE USA EN LA COCINA ORIEN-TAL. (N. DEL T.)

サクッ Zac

PICAMOS FINAMENTE 5 HOJAS DE SHISO.

サクッ Zac

サクッ Zac

サクッ Zac

PRIMERO, CON LAS MANOS APLASTAMOS EL HANPEN* AÚN DENTRO DE LA BOLSA.

とん Ton

QUITAMOS LAS SEMILLAS

CIRUELAS ENCURTIDAS.

Y LAS CORTAMOS HASTA QUE QUEDEN COMO UNA PASTA.

とん Ton

ESTO TAMBIÉN LO HICE ESA VEZ QUE PREPARÉ ALBÓNDIGAS DE POLLO HIJIKI Y EDAMAME.

Frac

Frac

*TIPO DE SURIMI BLANCO DE SABOR SUAVE. (N. DE\L.T.)

ÑUGU

こね

AÑADIMOS EL HANPEN Y SEGUIMOS AMASANDO.

...Y LA AMASAMOS HASTA QUE QUEDE PEGAJOSA.

AHORA PONEMOS 300G DE CARNE PICADA DE POLLO EN UN BOL...

こね

ÑUGU

こね

ÑUGU

ÑUGU

こね

こね

ÑUGU

ÑUGU

こね

MEDIA CUCHARADA DE AZÚCAR, 1 CUCHARADITA DE SALSA DE SOJA, 1 CUCHARADA DE MIRIN Y UNA PIZCA DE SAL.

AÑADIMOS LAS HOJAS DE SHISO,

こ ね
ÑUGU
こ ね
こ ね
ÑUGU
こ ね
こ ね
ÑUGU
こ ね
ÑUGU

Y VOLVEMOS A AMASAR TODO BIEN.

ENTONCES...

VALE, PERFECTO.

DEJAMOS REPOSAR LA CARNE 30-60 MINUTOS EN LA NEVERA.

Gro
コ ロ
ン

MIENTRAS VOY A DESCANSAR.

ASÍ EL SABOR SERÁ MÁS INTENSO Y SERÁ MÁS FÁCIL DARLE FORMA A LA CARNE.

Blam
ぱ
た
ん

107

LAS CUBRIMOS LIGERAMENTE CON ALMIDÓN DE PATATA.

...Y LAS FREÍMOS A FUEGO MEDIO.

CALENTAMOS UNA SARTÉN CON MUCHO ACEITE...

¡GUAU! ¡QUE BIEN HUELE!

¡OOOH! ¡QUÉ BUEN COLOR!

¡Gra

¡SÍ!

ESTO...

¡¡YA ESTÁ!!

Albóndigas de queso, ciruela y shiso. Aguantan 5 días en la nevera.

TENGO MUCHÍSIMAS GANAS...

Ju

...DE PONERLAS EN MI FIAMBRERA.

¡¿QUÉ?! ¡¿DE VERDAD PODEMOS?!

¿QUERÉIS PROBARLAS?

LAS HICE EL FIN DE SEMANA PASADO,

QUÉ APROVECHE.

Por favor, adelante.

AJÁ.

ENTONCES QUIERO UNA.

¡BUENÍSIMAS!

¡HM!

LA RECETA DE BATCH COOKING DE HOY

Tiempo de preparación: 30 minutos

Tiempo que aguanta en la nevera: 5 días

Albóndigas de ciruela, queso y shiso

Ingredientes: (para un recipiente de 800 ml)

CARNE PICADA DE POLLO	300G APROX
HANPEN	1 PIEZA (120GRAMOS APROX)
SHISO	5 HOJAS
CIRUELA ENCURTIDA	1-2 PIEZAS
AZÚCAR	MEDIA CUCHARADA
SALSA DE SOJA	1 CUCHARADITA
MIRIN	1 CUCHARADITA
SAL	1 PIZCA
QUESO	AL GUSTO
ALMIDÓN DE PATATA	AL GUSTO

Preparación:

1- Con las manos, aplastamos el hanpen aún dentro de la bolsa. Picamos el shiso y retiramos las semillas de la ciruela encurtida. Luego, la aplastamos con el cuchillo o la cuchara hasta formar una pasta.

2- Ponemos la carne picada de pollo en un bol y amasamos hasta que quede pegajosa. Añadimos el hanpen y seguimos amasando. Luego, agregamos el shiso y el azúcar la salsa de soja el *mirin* y la sal. Seguimos amasando.

3- Dividimos la masa en unas 12 porciones iguales y envolvemos un trozo de queso y un poco de ciruela con la carne formando una albóndiga alargada. Las colocamos en una bandeja.

4- Espolvoreamos uniformemente un poco de almidón.

5- Calentamos una sartén con bastante aceite, freímos las albóndigas a fuego medio y listo.

¿Sí?

¿PUEDES VENIR UN MOMENTO?

Aquí
Aquí

¡¡UME!!

CAPÍTULO 20.5
LOS RUMORES SOBRE KAMIYA

¿QUÉ... PASA...?
Qué miedo...

¿UH?

¿EH?

¿EH?

POR AQUÍ.

QUEREMOS PREGUNTARTE UNA COSA.

Tep...

Tep... スリリリ…

Ñug
Ñug

¿NO LO SÉ...?

VAYA.

PENSÁBAMOS QUE COMO OS LLEVÁIS TAN BIEN, TÚ LO SABRÍAS.

HM...

¿UH?

¡¿ES VERDAD QUE KAMIYA SE HA ECHADO NOVIA?!

¡NO! LO VI CON MIS PROPIOS OJOS.

¿NO TE HABRÁS CONFUNDIDO?

¡¡KAMIYA ESTABA COMIENDO UN BENTO CASERO!!

ME DAS MIEDO...

MI INFORMACIÓN SOBRE KAMIYA ES TOTALMENTE VERÍDICA.

¡¡KAMIYA VIVE SOLO Y NUNCA COCINA...!!

¡NO!

O TAL VEZ, SE LO HA HECHO ÉL MISMO...

PERO A LO MEJOR SE LO HA HECHO SU MADRE...

EY...

ESE BENTO...

LO HICE YO...

¿ESE?

¿LO HICISTE TÚ, UME?

¿¿EL BENTO QUE LLEVABA... BRÓCOLI, ENSALADA DE CALABAZA, HAMBURGUESA, ALBÓNDIGAS DE QUESO... ??

¿QUÉ?

SE ME PONEN LOS PELOS DE PUNTA AL VER QUE RECUERDAS TODO LO QUE LLEVABA ESE BENTO.

SÍ...

ÚLTIMAMENTE HE ESTADO HACIENDO BENTOS

CON LAS RECETAS DE BATCH COOKING QUE PREPARO LOS FINES DE SEMANA.

DESDE ENTONCES, A VECES HAGO ALGUNO PARA ÉL.

PERFECTO.

TE HAGO UNO POR 500 YENES.

SE LO DEJÉ PROBAR UNA VEZ Y LE ENCANTÓ.

SÍ.

JA, JA, JA... YA SABÍA YO QUE LO DE LA NOVIA NO PODÍA SER...

JA, JA.

AH... JE, JE... ERA ESO...

YA VEO, YA VEO...

LAS CHICAS DE LA OFICINA SINTIERON ALIVIO Y A LA VEZ SENTIMIENTOS ENCONTRADOS.

SÍ, QUÉ BIEN (¿?)

QUÉ BIEN. ¿QUÉ BIEN?

Ja Ja
Ja Ja

118

CAPÍTULO 21

¿¡SOY ADICTO A AMASAR?!
PIMIENTOS RELLENOS

CREO QUE ME HE VUELTO ADICTO Y ACABO COMIENDO SIEMPRE LO MISMO.

CLARO.

¿TE PUEDO PEDIR UN CONSEJO?

Latte de fres

AH... HM...

ME HE DADO CUENTA DE QUE ÚLTIMAMENTE...

...NO HAGO MÁS QUE AMASAR PARA HACER HAMBURGUESAS.

Batch Cooking

Pimientos rellenos

¡BUENO, PUES ESTE FIN DE SEMANA LO INTENTARÉ!

BIEN.

ASÍ PUES,

HOY TOCA...

¡PIMIENTOS RELLENOS DE CARNE!

VAMOS A VER...

MIENTRAS TANTO VAMOS A CORTAR LOS PIMIENTOS.

LUEGO LA DEJAMOS ENFRIAR.

puedes usar unas placas de hielo para ahorrar tiempo.

CORTAMOS LA PARTE DEL TALLO.

Cra

AGARRA LA PARTE DE LAS SEMILLAS, GÍRALA

...Y TIRA HACIA FUE-RA.

Chac
チョキッ

CON LAS TIJERAS, CORTA-MOS LA PARTE QUE UNE LAS SEMILLAS CON EL RESTO DEL PIMIENTO.

ズス

AHORA LO CORTAMOS A RODAJAS DE 1 CM.

CUANDO RELLENAS LA PARTE DE ABAJO DE LOS PIMIENTOS PARECEN UN BARCO.

Así

PERO SI EL PIMIENTO ESTÁ A RODAJAS, ES MUY DIFÍCIL QUE LA CARNE SE SALGA.

... PARA QUE LLEGUE A TODAS PARTES.

LA SACUDIMOS...

ADEMÁS, PARA ASEGURARNOS DE QUE LA CARNE NO SE DESPEGUE DEL PIMIENTO,

PRIMERO PONEMOS LOS PIMIENTOS EN UNA BOLSITA DE PLÁSTICO CON UN POCO DE FÉCULA DE PATATA.

Ton

Ton

A CONTINUACIÓN, COGEMOS UN POCO DE CARNE...

ÑUM

...Y RELLENAMOS LOS PIMIENTOS.

PUEDES AMASAR TODO LO QUE QUIERAS.

SATISFECHO

QUÉ INTERESANTE, ES LA PRIMERA VEZ QUE HAGO ALGO ASÍ.

¡ME SIENTO COMO SI HUBIERA SUBIDO DE NIVEL!

Y UNA VEZ LISTO...

LO PONEMOS EN LA SARTÉN CON UN POCO DE ACEITE.

¡PERFECTO!

¡YA ESTÁN TODOS COLOCADOS!

CUANDO ESTÉN DORADOS, LES DAMOS LA VUELTA.

Shuuu

Chac

ENTONCES ENCENDEMOS EL FUEGO Y DEJAMOS QUE SE COCINE DURANTE 2 MINUTOS A FUEGO LENTO.

LOS TAPAMOS,

Tap

Y, AÚN A FUEGO LENTO, DEJAMOS QUE SE ACABEN DE COCINAR AL VAPOR DURANTE 4 MINUTOS.

MIENTRAS TANTO, HACEMOS LA SALSA.

VAMOS A VER... PRIMERO 3 CU-CHARADAS DE KÉTCHUP.

Chu...
ブチ

MEDIA CUCHARADA DE SALSA DE SOJA

Y DOS CUCHARADAS DE AGUA.

1 CUCHARADA Y MEDIA DE SALSA DE OSTRAS.

UNA VEZ HAN PASADO LOS 4 MINU-TOS...

LO AÑADIMOS A LA SAR-TÉN...

Blob
ちゃあ

AHORA MEZCLAMOS TODO.

Zus
まぜ

Zus
まぜ

...Y DEJAMOS QUE HIERVA TODO JUNTO.

¡¡PERFECTO!! ¡YA ESTÁ LISTO!

Pimientos rellenos. Aguantan 5 días en la nevera.

COMO ESTÁN CORTADOS A RODA-JAS, ES MUY FÁCIL PONERLOS EN EL BENTO.

ADEMÁS, ES MUY DIFÍCIL QUE SE DESMONTEN Y TIENEN UN COLOR MUY BONITO.

CIERRA LA BOLSA DE FORMA QUE NO QUEDE AIRE DENTRO Y PONLA EN EL CONGELADOR.

COLOCA LO QUE QUIERAS CONGELAR DENTRO DE UNA BOLSA DE PLÁSTICO DE MANERA QUE LOS PIMIENTOS NO SE SUPERPONGAN.

AHORA QUE LO PIENSO, ¿CUÁNTOS AÑOS HARÁ QUE NO COMO PIMIENTOS RELLENOS?

HACE UN MONTÓN. ¡QUÉ GANAS!

VENGA,

HOY TAMBIÉN HE TRABAJADO DURO.

¡QUÉ APROVECHE!

HABÍA PENSADO PONERLOS EN EL BENTO DE HOY PERO...

FUOH
ほか

FUAAH... POR FIN PUEDO PROBARLO.

HE PREFERIDO COMÉRMELOS CALIENTES.

ほか
FUOH

ほか
FUOH

Ajá

Aaah

A ver...

ぱ

ÑOM

ÑOM

Qué bueno

EL GUSTO
AMARGO DEL
PIMIENTO QUEDA
PERFECTO CON LA
DULZURA DE LA
CARNE.

¡ME ENCANTA!

TAMBIÉN ES MUY INTERESANTE LA DIFERENCIA ENTRE LA TEXTURA DEL PIMIENTO Y LA SUAVIDAD DE LA CARNE.

LA SALSA DE KÉTCHUP TAMBIÉN QUEDA PERFECTA.

ESTA RECETA ESTÁ MUY BIEN.

¡SÍ! ¡MUY, MUY BIEN!

A KAMIYA TAMBIÉN LE VA A ENCANTAR.

HA SIDO TODO UN ÉXITO.

SE LO PONDRÉ EN EL BENTO DE MAÑANA.

¡¡ESTABA DELICIOSO!!

YA HE TERMINADO.

Buf

Y AUNQUE SEA BASTANTE PARECIDA, UNA RECETA NUEVA SIGUE SIENDO UNA RECETA NUEVA.

¿HM? ¿QUÉ ESTABA DICIENDO?

HACER HAMBURGUESAS ES DIVERTIDO...

¡LA PRÓXIMA VEZ INTENTARÉ OTRA RECETA NUEVA!

¡PERFECTO!

ばっ Flas

Batch Coo

Carne picada

TODAVÍA ME QUEDA CARNE PICADA.

LAS RECETAS DE UME 3 FIN

Tiempo de preparación: 30 minutos   **Tiempo que aguanta en la nevera: 5 días**

Pimientos rellenos

Ingredientes: (para un recipiente de 800 ml)   Preparación:

CARNE PICADA DE CERDO	300G APROX
PIMIENTOS	5 PIEZAS
CEBOLLA	1 CUARTO
SALSA DE SOJA	1 CUCHARADITA
SAL	1 PIZCA
PIMIENTA NEGRA	1 PIZCA
FÉCULA DE PATATA	1 CUCHARADA
FÉCULA DE PATATA	AL GUSTO
KÉTCHUP	3 CUCHARADAS
SALSA DE OSTRAS	1,5 CUCHARADAS
SALSA DE SOJA	MEDIA CUCHARADA
AGUA	2 CUCHARADAS

1- Picamos la cebolla y la ponemos en un plato tapada con papel film. La calentamos al microondas durante 2 minutos a 500W. Luego la dejamos enfriar.

2-En un bol añadimos la carne de cerdo, la cebolla, la salsa de soja, la sal, la pimienta negra y la fécula de patata y amasamos bien como si hiciéramos albóndigas.

3- Le quitamos el tallo y las semillas al pimiento y lo cortamos a rodajas de 1cm de ancho. Luego los espolvoreamos uniformemente con fécula de patata.

4-Rellenamos los pimientos y los colocamos en una sartén con un poco de aceite.

5-Encendemos el fuego y los cocinamos a fuego lento durante 2 minutos. Cuando estén dorados les damos la vuelta, tapamos la sartén y dejamos que se cocinen al vapor durante 4 minutos.

6-Añadimos el kétchup, la salsa de ostras, la salsa de soja, el agua y mezclamos bien. Dejamos que hierva y listo.

Y ahora un
perfil rápido

Jinta Ume (hermano pequeño)
Unos 23 años

Kazuki Ume (hermana mayor)
Unos 27 años

Kamiya
Unos 23 años
No he decidido su apellido

Senpai
Unos 26 años
No he decido su nombre

¡¡¡¡¡Muchísimas gracias a Machiko y a todos vosotros!!!!!

Las recetas de Ume, volumen 3, de Ai Nimoda y nozomi
©2018 by AI NIMODA AND nozomi/COAMIX Approved Number ZTW-07S All rights reserved
anish translation rights arranged with COAMIX Inc. Through Digital Catapult Inc.

edición: marzo de 2024
inal: *Tsuku oki seikatsu shūmatsu matomete tsukuri oki reshipi*
originalmente en Japón por Coamix Co., Ltd., 2018.

o, Ai Nimoda, 2018
sor, nozomi, 2018
ducción, Raquel Viadel, 2024
lición, Futurbox Project S. L., 2024
rechos reservados.
de traducción al español se han gestionado con Coamix Co., Ltd. mediante Digital Catapult

cado por Kitsune Books
/ Roger de Flor, n.º 49, escalera B, entresuelo, despacho 10
08013, Barcelona
www.kitsunemanga.com

ISBN: 978-84-10164-14-7
THEMA: XAM
Depósito legal: B 14920-2021
Preimpresión: Taller de los Libros
Impresión y encuadernación: Liberdúplex.
Impreso en España – *Printed in Spain*